COURS AVEC MOI!

ANDRE DE GRASSE
ROBERT BUDD

ILLUSTRATIONS DE
JOSEPH OSEI BONSU

Texte français d'Isabelle Allard

SCHOLASTIC

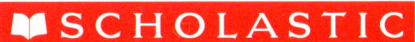

Je m'appelle Andre et, comme toi, j'adore courir!

Courir à toute vitesse, c'est l'activité que je préfère.

Je me prépare chaque jour à la course. J'entraîne mon corps pour qu'il soit rapide et mon esprit pour qu'il soit calme.

Il y a beaucoup d'éléments dans un entraînement, mais je ne suis pas seul. Mon entraîneur surveille mes progrès et me donne des suggestions afin que je m'améliore.

Mes coéquipiers et moi, nous nous poussons mutuellement à continuer, surtout quand ça ne se passe pas comme nous le souhaitons.

NOUS SOMMES TOUS DES AMIS ET NOUS NOUS ENCOURAGEONS LES UNS LES AUTRES POUR GAGNER.

Quand nous arrivons au stade, des milliers de spectateurs du monde entier sont déjà là, prêts à me regarder courir.

Quand j'avais ton âge, mes héros étaient des vedettes du sport. J'adorais les sports, surtout le soccer et le basketball.

Je me couchais le soir en rêvant que j'étais un athlète célèbre et que je disputais mon meilleur match dans un stade bondé.

MON RÊVE EST D'ÊTRE LE COUREUR LE PLUS RAPIDE DU MONDE!

Maintenant que je suis un adulte, je suis fier d'être devenu un athlète. Mais je n'ai jamais cessé de rêver. Les rêves sont importants.

Mon entraîneur m'informe que le départ a lieu dans une heure.
En marchant vers le vestiaire, je pense à ma première grande course.

Au secondaire, mon ami m'avait invité à une course sur piste.
Je n'avais pas participé à une course depuis des années, mais
je m'étais dit que ce serait amusant d'essayer quelque chose
de nouveau.

Les autres participants portaient des tenues de course. Je n'avais
pas les vêtements appropriés, mais je ne m'en suis pas soucié.

Tout le monde s'est mis en position sur les blocs de départ.

Je n'avais jamais utilisé ces accessoires, alors je suis resté debout,
comme un joueur de premier but tentant de voler le deuxième but.

JE ME SUIS DIT QUE CE N'ÉTAIT PAS GRAVE SI J'ÉTAIS DIFFÉRENT.

Au signal du départ, j'ai couru le plus vite que je pouvais... et j'ai gagné l'épreuve! Je ne me doutais pas que je pouvais être aussi rapide.

Je suis conscient que je ne serais pas dans ce stade aujourd'hui si je n'avais pas eu le courage de tenter ma chance ce jour-là.

Une fois dans le vestiaire, j'enfile mon uniforme. Quand je vois les couleurs d'Équipe Canada, je sais que je ne cours pas seulement pour moi.

Je fais partie d'une grande équipe. Mon équipe est constituée de toi, ta famille, tes amis, ton école, ta ville et le pays au complet.

J'ADORE COURIR POUR LE CANADA.

Des millions de gens et vous tous me regardez. Je vous entends. Au moment de courir, je sais que vous allez m'acclamer à chacune de mes foulées. Vos acclamations m'encouragent.

J'inspire profondément et je m'avance sous le soleil éclatant qui illumine le stade. Je ressens déjà votre énergie. C'est une journée idéale pour courir!

Je m'avance sur la piste. La foule pousse des acclamations.

Je commence à avoir le trac. Je me souviens de la première fois où ça m'est arrivé. Je devais prononcer un discours devant toute mon école. J'étais timide. Je craignais de commettre une erreur sous les yeux de l'assistance.

Mon enseignant m'a dit : « Ne pense pas à l'échec, fais simplement de ton mieux. C'est ainsi qu'on réussit. »

Puis, devant toute l'école, j'ai échappé mes cartons.

Tout le monde a éclaté de rire, mais je n'ai pas abandonné. J'ai continué de parler. Quand j'ai terminé, on m'a applaudi. J'étais fier de moi. C'était formidable.

Il m'arrive encore d'avoir le trac, mais je sais maintenant que c'est le signe de mon excitation à l'idée de courir.

Je m'approche du point de départ pour commencer mes étirements. Je dois m'assurer que mon corps est prêt.

La foule est de plus en plus enthousiaste en voyant tous les coureurs réunis. À côté des autres concurrents, je suis généralement le plus petit.

TU CROIS PEUT-ÊTRE QUE POUR ÊTRE UN COUREUR RAPIDE, IL FAUT ÊTRE LE PLUS GRAND, MAIS C'EST FAUX.

Quand j'avais ton âge, j'étais l'un des plus petits élèves de ma classe. Je suis toujours plutôt petit. Mais cela ne m'empêche pas de m'amuser. Je suis fier d'être qui je suis.

Quand je cours, je me répète : « J'ai un grand cœur. Je suis fort à l'intérieur. » Cela m'aide à me sentir très grand!

C'EST LE MOMENT DE PRÉPARER MON ESPRIT.

La course va commencer dans quelques minutes. Je marche vers la ligne de départ.

Je pense à la vitesse que je vais atteindre et à quel point ce sera amusant.

Je pense à l'époque où j'étais à l'école primaire. J'aimais jouer à la tague avec mes amis durant la récréation. Je faisais semblant d'être Sonic le hérisson. J'imaginais que mes pieds bougeaient à une vitesse supersonique, tout comme les siens.

Pour moi, rien ne surpasse le plaisir de me déplacer aussi vite. Quand je m'amuse, j'atteins mon meilleur niveau.

En plaçant mes pieds en position pour le départ, j'inspire à fond pour me calmer.

Quand je m'entraîne, j'imagine que j'affronte les coureurs les plus rapides du monde, sous les yeux de milliers de spectateurs. Je me dis : « Andre, tu es capable! » Puis je cours le plus vite que je peux.

JE M'IMAGINE EN TRAIN DE GAGNER.

Dans mon esprit, je gagne à tous les coups! Si tu entends le message « Tu es capable » suffisamment de fois, tu finis par le croire. J'inspire à fond de nouveau. Je sais que je suis capable.

Je suis prêt à courir.

Je m'accroupis sur la ligne de départ en me concentrant sur la ligne d'arrivée. La course va commencer d'un instant à l'autre.

Pan! Au coup de pistolet, je m'élance.

Mes pieds frappent le sol et mes épaules propulsent mes bras en avant. J'ai l'impression de flotter, de voler. Je donne mon maximum.

J'entends le vent siffler dans mes oreilles et le bruit des pas des autres concurrents.

Tout ce qui m'entoure est flou. J'ai envie d'éclater de rire. Je devance les autres coureurs en franchissant la ligne d'arrivée, comme je l'avais visualisé.

Durant les dix secondes de ma course, tout était silencieux autour de moi. Maintenant que c'est fini, j'entends de nouveau la foule.

WAOUH!

Je regarde le stade, avec tous ces gens qui me regardent et m'applaudissent. J'aperçois des drapeaux canadiens.

J'ai fait de mon mieux. Peu importe si je suis premier ou dernier. Je suis fier de moi. Je veux éprouver cette sensation le plus longtemps possible.

Après la course, la première personne que je serre dans mes bras est ma mère. Je pense à tous ceux qui m'ont aidé à me rendre jusqu'ici. Ma famille, mes amis, mes entraîneurs, mes admirateurs et tous ceux qui m'ont encouragé à faire de mon mieux.

Je suis plein de gratitude.

Quand je sors du stade, les gens me disent qu'ils avaient l'impression d'être à mes côtés pendant que je courais.

Je ressens leur amour. J'ai hâte de recommencer — pour vous, pour moi, pour le Canada!

VISUALISE... ET FAIS-LE!

Comme beaucoup d'enfants, j'admirais plusieurs héros sportifs quand j'étais jeune. Lorsque je m'entraînais, j'imaginais que j'étais l'un d'EUX — en train de réussir un but gagnant, un panier à trois points ou un coup de circuit.

Un jour, mon équipe de balle molle affrontait une équipe ayant un très bon lanceur. La partie était serrée. Quand je suis allé au bâton dans la dernière manche, il y avait deux retraits et un coureur sur le deuxième but. Je devais réussir pour que mon équipe gagne. Je sentais la pression. Et j'ai raté mon coup.

QUI AURAIT IMAGINÉ QUE J'IRAIS AUSSI LOIN, QUAND J'AI GAGNÉ MA PREMIÈRE COURSE EN CINQUIÈME ANNÉE?

Mais après la partie, mes amis et moi n'étions pas tristes. Nous nous sommes encouragés mutuellement, nous disant « bravo! » et « on les aura la prochaine fois! » C'était juste une occasion de nous améliorer. Après tout, il y aurait une autre partie.

À l'entraînement suivant, j'ai essayé quelque chose de différent. Lors de mon tour au bâton, je n'ai pas fait semblant d'être José Bautista. J'ai imaginé que j'étais MOI. Je me suis vu durant cette partie, avec deux retraits et un coureur au deuxième but.

QUE JE GAGNE OU NON, J'AIME TOUJOURS JOUER.

Je me suis VU en train de frapper la balle. Je m'encourageais dans ma tête : « Andre, tu es capable! Regarde ce que tu veux faire, et frappe la balle de toutes tes forces! » Je l'ai même dit à haute voix. Puis j'ai frappé la balle. J'ai recommencé plusieurs fois.

J'AI CRÉÉ UNE FONDATION POUR QUE LES ENFANTS TROUVENT L'INSPIRATION DANS LES SPORTS, L'ÉDUCATION ET LES SOINS DE SANTÉ.

JOUER AU BASKET DEVANT UN STADE BONDÉ ÉTAIT UN RÊVE DEVENU RÉALITÉ!

Lors de la partie suivante, j'étais prêt! Je me suis rappelé d'inspirer à fond. Je me suis rappelé que j'étais capable. Je me suis aussi rappelé de m'amuser. Je ne sentais plus de pression. Je me suis imaginé en train de frapper la balle et d'aider mon équipe. Et la plupart du temps, j'ai réussi! Tu peux essayer, toi aussi. Ça fonctionne pour s'améliorer dans les sports et toutes sortes d'autres activités. Y a-t-il quelque chose qui te rend fébrile ou que tu trouves difficile? Un examen? Un spectacle? Escalader la cage à grimper? Imagine-toi en train de le faire, puis FAIS-LE!

JE SAIS QUE TU ES CAPABLE!

Cours avec moi! est dédié à tous les lecteurs de ce livre qui ont le courage de poursuivre leurs rêves.
— A. D. G. et R. B.

Catalogage avant publication de Bibliothèque et Archives Canada
Titre: Cours avec moi! / Andre De Grasse, Robert Budd ; texte français d'Isabelle Allard ; avec illustrations de Joseph Osei Bonsu.
Autres titres: Race with me! Français
Noms: De Grasse, Andre, 1994- auteur. | Budd, Robert, 1976- auteur. | Osei Bonsu, Joseph, 1983- illustrateur.
Description: Traduction de : Race with me!
Identifiants: Canadiana 20200408593 | ISBN 9781443187572 (couverture souple)
Vedettes-matière: RVM: De Grasse, Andre, 1994-—Ouvrages pour la jeunesse. | RVM: Coureurs—Canada—Biographies—Ouvrages pour la jeunesse. | RVM: Athlètes olympiques—Canada—Biographies—Ouvrages pour la jeunesse. | RVMGF: Autobiographies.
Classification: LCC GV1061.15.D44 A3 2021b | CDD j796.42/2092—dc23

Références photographiques
© pour les photos : couverture : Claus Andersen; 2-3 : Christopher Morris/Getty Images; 5 : gracieuseté de Jason Ransom/World Athletics; 6 : Kirby Lee; 9 : Kirby Lee; 11 : gracieuseté de Mark Blinch/Comité olympique canadien; 12 : Richard Lautens/Getty Images; 14 : gracieuseté du Comité international olympique; 16 : gracieuseté de Jason Ransom/Comité olympique canadien; 18 : Christian Petersen/Getty Images; 20 : gracieuseté de Jason Ransom/Comité olympique canadien; 22-23 : gracieuseté de Mark Blinch/Comité olympique canadien; 24 : Kirby Lee; 26 : gracieuseté de Farley Flex; 28-29 : Kirby Lee; 30 en haut : gracieuseté de Kimberley Fernandes-Nudds, enseignante à YCDSB; 30 en bas : gracieuseté de Beverley De Grasse; 31 en bas : Kirby Lee; 31 en haut : gracieuseté de la fondation SickKids.

Copyright © Andre De Grasse et Robert Budd, 2021, pour le texte anglais.
Copyright © Scholastic Canada Ltd., 2021, pour les illustrations de Joseph Osei Bonsu.
Copyright © Éditions Scholastic, 2021, pour le texte français.
Tous droits réservés.

Il est interdit de reproduire, d'enregistrer ou de diffuser, en tout ou en partie, le présent ouvrage par quelque procédé que ce soit, électronique, mécanique, photographique, sonore, magnétique ou autre, sans avoir obtenu au préalable l'autorisation écrite de l'éditeur. Pour la photocopie ou autre moyen de reprographie, on doit obtenir un permis auprès d'Access Copyright, Canadian Copyright Licensing Agency : www.accesscopyright.ca ou 1-800-893-5777.

Édition publiée par les Éditions Scholastic, 604, rue King Ouest, Toronto (Ontario) M5V 1E1 CANADA.

6 5 4 3 2 1   Imprimé en Chine 62   21 22 23 24 25